Dieses Buch gehört

W0415758

Martin Widmark ist in Linköping, Schweden, aufgewachsen und lebt heute in Stockholm. Er ist ein begeisterter Fußballspieler und fasziniert von Essen, Sprachen, Menschen und Musik.
10 Jahre lang war er Lehrer für die Mittelstufe, jetzt unterrichtet er Schwedisch für Einwanderer an der Volkshochschule. Außer *Detektivbüro LasseMaja* schreibt er weitere Kinderbuchserien, Kinderlieder und Lernhilfen.

Helena Willis, geboren 1964 in Stockholm, lebt heute mit ihrem Mann und zwei Töchtern in der Nähe von Stockholm. Sie arbeitet als freie Illustratorin, seit sie 1991 das Beckmans College of Design abschloss. Helena Willis sagt, sie habe den besten Job der Welt: »Ich darf den ganzen Tag spielen, aber ich muss mich auch darauf konzentrieren, alle Aufgaben zeitgerecht zu lösen.«

Von Martin Widmark bei Ueberreuter erschienen:
Detektivbüro LasseMaja:
Das Zeitungsgeheimnis
Das Zirkusgeheimnis
Das Cafégeheimnis
Das Tiergeheimnis
Das Diamantengeheimnis
Das Mumiengeheimnis
Das Schulgeheimnis

Das säurefreie und alterungsbeständige Papier EOS liefert Salzer, St. Pölten
(hergestellt aus chlorfrei gebleichtem Zellstoff aus nachhaltiger Forstwirtschaft).

ISBN 978-3-8000-5617-0
Alle Rechte vorbehalten. Das Werk darf – auch teilweise –
nur mit Genehmigung des Verlages wiedergegeben werden.
Aus dem Schwedischen von Maike Dörries
First published by BonnierCarlsen, Stockholm, Sweden 2010
Published in the German language by arrangement with
Bonnier Group Agency, Stockholm, Sweden
Originaltitel: LasseMajas Detektivbyrå. Campingmysteriet
Umschlagillustration und Innenillustrationen von Helena Willis
Text copyright © 2010 by Martin Widmark
Illustration copyright © 2010 by Helena Willis
Copyright der deutschsprachigen Ausgabe © 2011 by Verlag Carl Ueberreuter, Wien
Gedruckt in Österreich
7 6 5 4 3 2 1

Ueberreuter im Internet: www.ueberreuter.at

Detektivbüro LasseMaja

Das Camping-geheimnis

Text: Martin Widmark
Illustrationen: Helena Willis

Aus dem Schwedischen
von Maike Dörries

UEBERREUTER

Museum
Museumsstraße
valleby
Kiosk
Kirchstraße
Post
Gold
Wurst
N
W
O
S
LasseMajas
Hauptquartier

Karte von Valleby
HAFEN
Valleby Blatt
2
Valleby Bibliothek
4
6
Marktplatz
Hotel
Café
RIO-Kino

HAFEN
Benzin
Valleby Bahnhof
Bahnhofsstraße
Kaufmannsstraße
SUPER ★ MARKT
S ★ M
Superpreis
Angebot
KINDERGARTEN SÖRGÅRDEN
B
BANK
ZOO
Kaufmannsstraße
Hospitalstraße
Krankenhaus 1km
Hallenbad

Die Geschichten spielen in einer kleinen schwedischen Stadt namens Valleby, in der fast jeder jeden kennt und wo mitten im Ort die Kirche steht.

Die Hauptpersonen Lasse und Maja gehen in die gleiche Klasse und betreiben gemeinsam ein Detektivbüro.

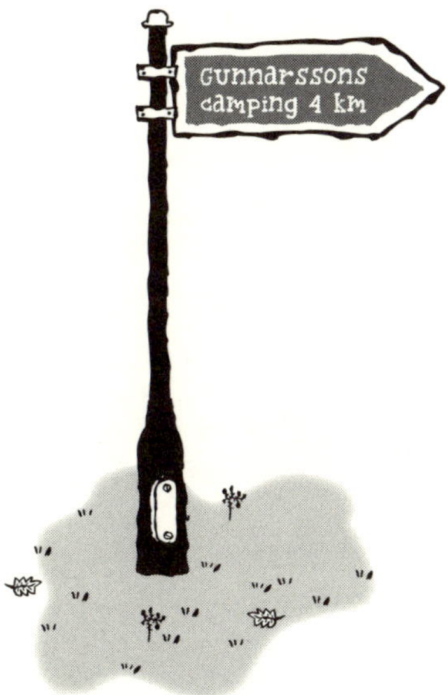

Personen

Maja

Lasse

Polizeiinspektor

Miranda

Sylvester

Gunnarsson

Die Bacon-Brüder

Tahita

Mulle Berg

Gold des Waldes

Jetzt musst du stillsitzen, Sylvester«, sagt Miranda zu ihrem kleinen Affen.

Sylvester sitzt in einem Kindersitz auf Mirandas Fahrrad. Miranda schnallt ihn fest und drückt ihm eine Banane in die Hand. Sylvester sieht sehr glücklich und zufrieden aus.

»Schön, dass ihr mitkommen wollt, du und Sylvester«, sagt Lasse.

»Klar wollen wir«, sagt Miranda. »Ich freue mich riesig aufs Zelten. Und Sylvester liebt es, in der Natur herumzutollen.«

Lasse, Maja und Miranda setzen sich auf ihre Fahrräder.

»Auf geht's«, sagt Maja und strampelt los.

Alle drei haben Rucksäcke auf dem Rücken. Auf ihre Gepäckträger haben sie das Zelt und alle anderen Sachen geklemmt, die man fürs Campen so braucht. Es ist Ende August und die Sonne brennt vom Himmel, als sie die Stadt verlassen.

Lasse, Maja und Miranda fahren an der Galopprennbahn vorbei. Danach sind sie auf dem Land. Sylvester plappert vergnügt in seinem Kindersitz hinter Miranda vor sich hin. So fahren sie eine ganze Weile.

Bis Lasse vorschlägt: »Wollen wir nicht eine kleine Pause machen?«

»Gute Idee«, sagen Maja und Miranda.

Sie stellen ihre Fahrräder an den Wegrand und legen sich ins Gras. Miranda und Lasse nehmen belegte Brote und Saft aus ihren Taschen, während Maja mit Sylvester spielt. Der kleine Affe liegt auf dem Rücken und Maja kitzelt ihn mit einem Grashalm an den Füßen.

Aber plötzlich springt Sylvester auf und saust davon. Wie der Blitz klettert er auf

einen Baum. Maja läuft hinterher und schaut in die Baumkrone.

»Komm da runter, Sylvester«, sagt sie, so streng sie kann.

»Mach dir keine Sorgen«, ruft Miranda. »Er kommt spätestens wieder runter, wenn man ihn mit einer Banane lockt.«

Maja lächelt den frechen Affen an. Er hat ein Eichhörnchen erspäht und versucht es zu fangen. Aber das Eichhörnchen ist viel zu schnell für ihn.

In dem Augenblick fällt Majas Blick auf etwas unter dem Baum.

Dort wachsen lauter …

»Pfifferlinge!«, ruft Maja. »Lasse, Miranda, kommt her! Hier wachsen ganz viele!«

Lasse und Miranda kommen angerannt. Und dann pflücken sie erst einmal eine Weile goldgelbe Pfifferlinge. Am Ende haben sie eine große Papiertüte voll.

»Die brutzeln wir uns heute Abend«, schlägt Maja vor.

»Mmh, lecker«, sagt Lasse.

»Ich liebe Pfifferlinge«, sagt Miranda und schnuppert an der Tüte. »Gold des Waldes.«

Lasse und Maja lachen. Und dann holt Miranda eine Banane und hält sie Sylvester hin.

Der Affe klettert blitzschnell vom Baum herunter und setzt sich in den Kindersitz.

Sie fahren weiter Richtung Campingplatz. Die Sonne brennt und sie geraten langsam ins Schwitzen.

Lasse ruft Maja zu, die an der Spitze fährt: »Ich freue mich schon aufs Baden.«

»Der Mann, dem der Campingplatz gehört, hat gesagt, das Wasser wäre noch warm genug«, ruft Maja über die Schulter zurück.

»Wunderbar«, ruft Miranda.

»Aber ihr müsst auf eure Zehen aufpassen«, sagt Maja.

»Wieso?«, fragt Miranda.

»Der See soll voller Krebse sein«, lacht Maja.

Ein Zwillingspärchen und eine Hexe

Zu guter Letzt erreichen Lasse, Maja und Miranda den Campingplatz.

Sie fahren durch das Eingangstor. Im hinteren Teil des Geländes stehen drei Wohnwagen neben einem ordentlich gemähten Rasen.

»Ist das schön hier«, sagt Lasse.

»Da unten können wir baden«, sagt Miranda und zeigt zu einem Steg.

Sie stellen ihre Fahrräder neben einem Haus ab. *Würstchen – Rezeption – Laden* steht über der Tür.

»Er heißt Gunnarsson«, sagt Maja.

»Wer?«, fragt Lasse.

»Der Mann, dem der Campingplatz gehört«, erklärt Maja. »Das hab ich erfahren, als ich gestern angerufen habe. *Fragt einfach nach Gunnarsson*, hat er gesagt.«

Sie gehen in den Laden. In den Regalen an den Wänden stehen Konserven, Schachteln und Pakete.

»Hallo«, ruft Lasse. »Ist hier jemand?«

Sie bekommen keine Antwort.

»Er ist nicht hier«, sagt Maja. »Schauen wir draußen nach.«

würstchen Rezeption Laden
komme gleich
INFO
Post

Lasse, Maja und Miranda laufen über den Campingplatz und suchen Gunnarsson, aber sie können ihn nirgendwo entdecken.

»Vielleicht ist er zum Einkaufen in die Stadt gefahren«, schlägt Lasse vor.

»Ich bin dafür, dass wir unser Zelt da drüben auf dem Rasen aufbauen«, sagt Miranda.

»Und dann baden wir«, sagt Maja.

Lasse geht los, um das Zelt zu holen, und Miranda lässt Sylvester laufen. Er klettert sofort eine hohe Fahnenstange hoch, die mitten auf dem Rasen steht.

»Super«, sagt Miranda. »Da wissen wir wenigstens, wo er ist.«

Danach bauen sie zusammen das Zelt auf.

Als sie fast fertig sind, kommen zwei Jungen aus einem der Wohnwagen angerannt. Sie haben Badehosen an und sehen genau gleich aus. Sie kreischen und schreien.

»Das müssen Zwillinge sein«, flüstert Miranda.

»Aber was machen sie da?!«, ruft Maja.

Die beiden Jungen rennen in einem Affenzahn so dicht am Zelt vorbei, dass sie über die Zeltschnüre stolpern. Das Zelt fällt in sich zusammen und die Jungen kullern über den Rasen.

»Habt ihr euch wehgetan?«, ruft eine Frau im Bikini von dem Wohnwagen, aus dem die Jungen gekommen sind.

Die Zwillinge schütteln den Kopf und rennen weiter zum See.

»Seid vorsichtig, Jungs!«, ruft ein Mann, der hinter der Frau mit dem Bikini steht.

»Sie haben unser Zelt umgerissen!«, ruft Maja dem Mann und der Frau beim Wohnwagen zu.

»Ja, so sind sie, die Jungs.« Die Frau lacht und zieht die Tür hinter sich zu.

20

Wütend machen Lasse, Maja und Miranda sich daran, das Zelt wieder aufzubauen. Als sie fertig sind, wischt Lasse sich den Schweiß von der Stirn.

»Und jetzt hüpfen wir ins Wasser.«

Da fliegt die Tür des Wohnwagens direkt neben ihnen auf. Ein Mann mit puterrotem Gesicht stürmt nach draußen.

»Hexe!«, schreit er über die Schulter in den Wohnwagen. »Ich glaube Ihnen kein Wort!«

Er knallt die Tür hinter sich zu.

Lasse, Maja und Miranda sehen sich verdutzt an.

Dreißig Kilo Krebse

Der Mann mit dem roten Kopf läuft mit ausladenden Schritten über den kurz gemähten Rasen. Das neu aufgebaute Zelt, das direkt vor seiner Nase steht, scheint er nicht einmal zu bemerken.

Die Tür knallt hinter ihm ins Schloss, als er in dem Laden verschwindet, neben dem Lasse, Maja und Miranda ihre Räder abgestellt haben.

»Das dürfte Gunnarsson sein«, sagt Miranda.

»Warum er wohl so wütend ist?«, fragt Maja.

»Kommt«, sagt Lasse.

Lasse, Maja und Miranda folgen dem Mann ins Haus.

Sylvester bleibt auf seiner Fahnenstange sitzen.

Der Mann trabt hinter dem Rezeptionstresen auf und ab.

»Eine Hexe ist das«, grummelt er. »Eine richtige Hexe!«

Lasse, Maja und Miranda sehen, dass er immer noch schrecklich aufgeregt ist.

»Gunnarsson?«, fragt Maja. »Sind Sie Herr Gunnarsson?«

Der Mann bleibt stehen und dreht sich überrascht zu ihnen um. Offenbar hat er vor lauter Wut ihr Eintreten gar nicht mitbekommen.

»Ja, so ist es«, sagt er. »Ich bin Gunnarsson. Und wer seid ihr?«

»Ich heiße Maja«, sagt Maja. »Und das sind Lasse und Miranda. Ich habe gestern angerufen.«

»Ach genau«, sagt Gunnarsson. »Das warst du. Ihr wolltet zelten, nicht wahr?«

Lasse berichtet, dass sie das Zelt bereits

Rezeption
Camping-
Regeln
1. 6.
2. 7.
3. 8.
4. 9.
5. 10.
willkommen
Dusch- 5,-
münzen
Eis
12:-
13:
10:-
14:-
10:
bürste
gessen?
Problem
12,-
Gruß aus Valleby
Karte
von
Valleby
VB
Neueste
Nachrichten
VB Valleby
Blatt
299:-
299:-
299:-

aufgebaut haben. Und Maja bezahlt und unterschreibt auf einem Blatt Papier, dass sie sich an die Regeln des Campingplatzes halten wollen.

»Auf wen sind Sie eigentlich so wütend?«, fragt Miranda. Gunnarsson sieht Miranda an. Dann kriegt er eine Falte über der Nasenwurzel. »Sie heißt Tahita«, sagt er. Lasse, Maja und Miranda warten auf die Fortsetzung.

»Sie liegt mir schon seit Tagen in den Ohren.«

»Weswegen?«, fragt Lasse.

»Dass sie mir die Zukunft vorhersagen will«, sagt Gunnarsson.

»Ist sie Wahrsagerin?«, fragt Miranda. »In unserem Zirkus hat auch eine Wahrsagerin gearbeitet.«

Gunnarsson scheint gar nicht zu hören, was Miranda sagt.

»Irgendwann dachte ich dann, dass ich es genauso gut hinter mich bringen kann. Damit sie aufhört, zu nerven. Sie hat in ihre Kristallkugel geschaut, und wisst ihr, was sie gesagt hat?«

Lasse, Maja und Miranda schütteln die Köpfe.

»Sie hat gesagt, dass es ökonomisch mit mir bergab gehen wird.«

»Ökonomisch?«

»Ja, mit dem Geld«, erklärt Gunnarsson.

»Ich habe sie gefragt, was genau sie damit meint, aber sie hat nur den Kopf geschüttelt und gesagt, dass die Kristallkugel niemals lügt.«

»Was sie damit wohl sagen wollte?«, sagt Miranda.

Gunnarsson breitet die Arme aus.

»Ich weiß es nicht! Der Campingplatz ist ausgebucht, der Laden ist eine Goldgrube und im See wartet ein richtiger Schatz auf mich.«

»Was für ein Schatz denn?«, fragt Maja neugierig.

»Krebse«, sagt Gunnarsson und leckt sich die Lippen. »Prima schwedische Flusskrebse, dreihundert Kronen das Kilo!«

»Oh«, sagt Lasse.

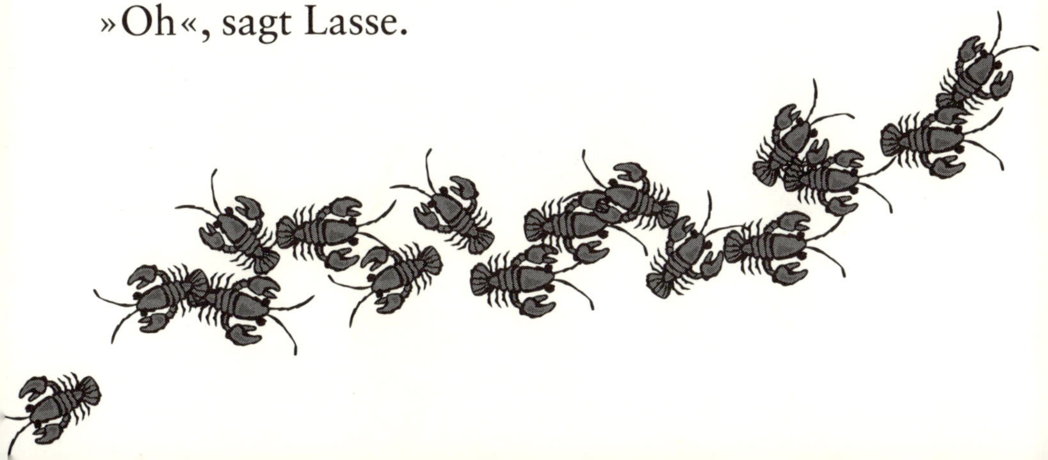

»Kommt mit, ich zeige es euch«, sagt Gunnarsson und gibt Lasse, Maja und Miranda ein Zeichen, ihm nach draußen zu folgen. Er zeigt auf eine große weiße Boje, die mitten im See auf dem Wasser dümpelt.

»Seit zwei Wochen gehe ich jetzt auf die Jagd. In dem Fangkasten sind inzwischen fast dreißig Kilo Krebse.«

»Was ist ein Fangkasten?«, fragt Miranda.

»Das ist eine Art großer Drahtkorb«, erklärt Gunnarsson.

»Kriechen die Krebse in den großen Korb?«, fragt Maja.

»Nein.« Gunnarsson lacht. »Man merkt,

dass ihr aus der Stadt kommt. Gefangen werden die Krebse in Reusen. Und den Fang aus den Reusen sammelt man dann in dem großen Drahtkorb.«

»Aha«, sagt Maja.

»Und inzwischen habe ich in dem großen Korb Krebse für neuntausend Kronen gesammelt!«

»Wow«, sagt Lasse beeindruckt.

Gunnarsson wirft einen bitterbösen Blick zu Tahitas Wohnwagen.

»Und da sagt diese Tahita, dass meine Geschäfte schlecht laufen werden. Ha!«

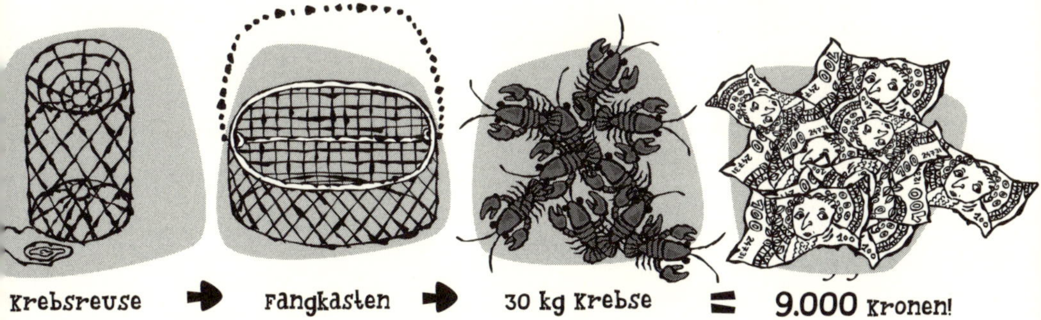

»Und wie kommen Sie zu dem Fangkasten?«, fragt Maja.

»Mit dem Ruderboot«, antwortet Gunnarsson.

»Aber da könnte doch jeder rausfahren und die Krebse stehlen«, sagt Miranda.

»Das Boot ist mit einem dicken Vorhängeschloss gesichert«, sagt Gunnarsson. »Und der Schlüssel hängt im Laden.«

»Dürfen die Campinggäste das Boot nicht benutzen?«

»Doch, sicher«, sagt Gunnarsson. »Aber sie müssen sich erst den Schlüssel von mir abholen. Wenn dann die Krebse verschwinden, weiß ich, wer der Dieb ist.«

»Clever«, sagt Maja.

Gunnarsson nickt zufrieden.

Ein Blinker im Abfalleimer

Gunnarsson hat sich merklich beruhigt. Er gibt ihnen Informationen zum Campingplatz, dass der Laden um acht Uhr schließt und das Tor um neun – und dass nur an dem Grillplatz auf dem Rasen gegrillt werden darf.

»Wer sind die anderen Gäste auf dem Campingplatz?«, fragt Maja.

Gunnarsson zeigt auf den ersten Wohnwagen. »Dort wohnt Mulle Berg. Er kommt schon seit Jahren auf den Campingplatz, ist den ganzen Tag im Wald unterwegs und sammelt Pilze.«

»Wir haben auf dem Weg hierher ganz viele Pfifferlinge gefunden«, sagt Maja.

Gunnarsson sieht sie verträumt an. »Ich liebe Pfifferlinge …«

Der Campingplatzbesitzer zeigt auf den zweiten Wohnwagen. »Da wohnt die Familie Bacon.«

»Danke«, sagt Lasse. »Die haben wir bereits kennengelernt. Die beiden Jungs haben unser Zelt umgerannt.«

Gunnarsson lacht.

»Das waren die Brüder Bacon. Wilde Racker sind das. Ihr Vater ist Koch und die Mutter Kellnerin, soviel ich weiß. Ihr werdet sicher sehen, was für gutes Essen sie zubereiten. Gestern gab es gegrilltes Rinderfilet!«

»Lecker«, sagt Miranda und merkt, wie ihr Magen knurrt.

»Und da drüben wohnt Tahita«, sagt Lasse. »Was macht sie außer wahrsagen?«

»Sie steht mit Begeisterung auf dem Steg und angelt«, schnauft Gunnarsson. »Behauptet sie. Aber ich habe sie noch nie etwas fangen sehen.«

»Rinderfilet und Fisch«, Miranda seufzt. »Ich habe Hunger.«

Lasse, Maja und Miranda verabschieden sich von Gunnarsson und gehen zu ihrem Zelt.

Maja baut einen kleinen Gaskocher auf, auf dem sie ihr Essen zubereiten wollen. Lasse holt die Papiertüte mit den Pfifferlingen.

Die Sonne steht noch immer ganz hoch am Himmel. Er stellt die Tüte gleich vor den Zelteingang und sagt: »Ich bin sehr dafür, dass wir noch vor dem Essen baden, es ist so heiß.«

Miranda stöhnt, aber Maja ist Lasses Meinung.

»Stimmt. Direkt nach dem Essen sollte man nicht baden. Komm, Miranda! Wir hüpfen kurz ins Wasser!«

Sie ziehen schnell ihre Badesachen an. Maja und Miranda laufen schon zu dem kleinen Strand, als Lasse noch sein Handtuch sucht.

Da spaziert eine junge, schwarzhaarige Frau über den Rasen. Sie trägt einen roten Badeanzug und hat eine schicke Angel über der Schulter.

»Hallo«, grüßt sie Lasse. »Ich heiße Tahita.«

Lasse sieht die junge Frau an. Sie sieht gar

nicht wie die von Gunnarsson
beschriebene Hexe aus.
Sie ist barfuß und hat
ihre Sonnenbrille ins
Haar über der Stirn
geschoben.
Lasse findet sie
richtig hübsch.

»Hallo«, sagt er.
»Ich heiße Lasse.
Sie haben aber
eine tolle
Angel!«
Tahita lächelt.
»Warte! Siehst du
den Abfalleimer
unten am Steg?«

Lasse nickt. Tahita schwingt die Angelrute über dem Kopf und der Blinker fliegt in hohem Bogen davon – direkt in den Abfalleimer!

»Wow!«, sagt Lasse. »Was für ein Wurf! Sie sind echt gut!«

»Jahrelanges Training«, erklärt Tahita, holt

die Schnur ein und geht gleichzeitig zum Steg. Lasse findet sein Handtuch und rennt hinter ihr her. Er sieht Tahita dabei zu, wie sie mit sicheren Handgriffen die Angel bedient.

»Das ist aber eine ganz schön dicke Schnur«, sagt Lasse. Tahita sieht ihn verdutzt an.

»Du bist sehr aufmerksam«, sagt sie. »Eine dicke Schnur ist immer gut. Die hier hält bis zu zweihundert Kilo aus.«

»Oh«, sagt Lasse. »Gibt es so große Fische im See?«

»Vielleicht, vielleicht auch nicht«, antwortet Tahita geheimnisvoll.

Ein Messer verschwindet

Tahita stellt sich ans Ende des Steges und wirft unermüdlich aus. Der Blinker landet jedes Mal fast an der gleichen Stelle.

Lasse bleibt zögernd am Ufer stehen. Bestimmt ist es herrlich im Wasser – schön erfrischend.

Aber Lasse muss an die großen Fische denken, die sich womöglich da draußen tummeln. Tahitas Schnur hält zweihundert Kilo, denkt er und schüttelt sich.

Miranda und Maja kommen aus dem Wasser und Sylvester aus dem Gebüsch. Zusammen laufen sie über den Steg und springen noch einmal ins Wasser. Sylvester natürlich nicht. Er kann Wasser gar nicht leiden.

Maja taucht wieder auf und schüttelt das Wasser aus den Haaren.

»Komm, Lasse!«, ruft sie. »Das ist herrlich.«

Sie verstummt, als sie die schwarzhaarige Frau in dem roten Badeanzug sieht, die auf dem Steg steht und angelt.

»Oh«, sagt Maja. »Entschuldigung. Jetzt haben wir bestimmt alle Fische verscheucht.«

Tahita lacht Maja an.

»Das macht gar nichts. Ich werde sowieso nichts fangen. Die Kristallkugel hat mir heute Morgen nichts gezeigt.«

Komisch, denkt Lasse. Wieso angelt sie dann? Oder glaubt sie nicht an ihre eigene Kristallkugel? Wieso wirft sie dann immer wieder die Angel aus?

Dann schießt ihm durch den Kopf, dass Maja und Miranda bestimmt auch den großen, unheimlichen Fisch verjagt haben, falls es einen gibt.

Lasse geht ein paar Schritte ins Wasser und wirft sich nach vorn.

Die drei Freunde plantschen im Wasser herum. Sie schwimmen um die Wette und springen vom Steg. Tahita legt die Angel beiseite und spielt mit Sylvester. Am Ende liegen Lasse, Maja und Miranda auf dem Steg und lassen sich von der Sonne trocknen. Da knurrt Mirandas Magen wieder.

»Alles klar«, sagt Maja. »Das war deutlich. Zeit fürs Essen.«

In dem Augenblick hallt von einem der Wohnwagen ein lauter Schrei herüber!

Lasse, Maja und Miranda rennen, Tahita dicht auf ihren Fersen, zum Campingplatz.

Dort sehen sie einen Mann in kurzer Hose und im kurzärmeligen Hemd Klappstühle, Kisten und Kartons hin- und herdrehen.

»Es ist weg! Mein gutes Pilzmesser!«,

schreit er. »Irgendjemand hat mein Messer geklaut!«

»Das ist Mulle Berg«, flüstert Tahita Maja von hinten ins Ohr.

Maja macht einen Schritt nach vorn und sagt zu Mulle: »Vielleicht können wir Ihnen helfen? Wie sah das Messer aus?«

»Blauer Griff, ein Messer am einen und eine Bürste am anderen Ende«, antwortet er, ohne Maja anzusehen. »Ich brauche das Messer, um meine Pilze zu reinigen.«

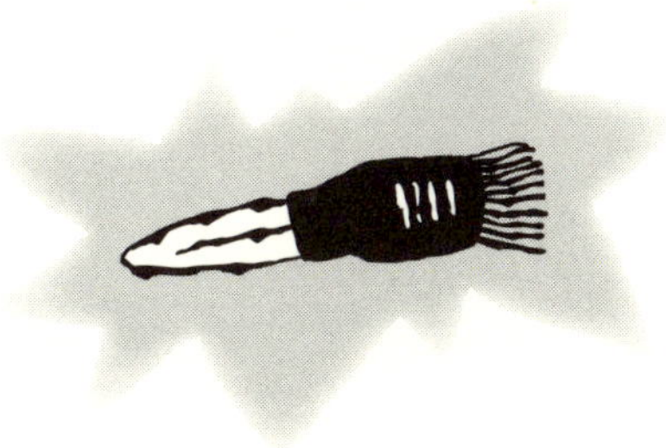

Lasse, Maja und Miranda sind sofort dabei, dem sehr aufgeregten Mann bei der Suche zu helfen.

»Haben Sie viele Pilze gefunden?«, fragt Lasse, um ihn etwas zu beruhigen.

Mulle Berg sieht Lasse an.

»Nein«, sagt er. »Ich meine ... *Wenn* ich Pilze finde – *dann* brauche ich das Messer.«

Sie suchen noch eine Weile weiter.

Irgendwann geben sie auf. Das Messer ist spurlos verschwunden. Mulle zieht sich enttäuscht in seinen Wohnwagen zurück und Tahita begibt sich zu ihrem Wagen.

Lasse, Maja und Miranda laufen zu ihrem Zelt. Und staunen nicht schlecht!

Die Tüte mit den Pfifferlingen ist weg!

Jemand schleicht ums Zelt

Ich weiß ganz genau, dass ich die Tüte dorthin gestellt habe«, sagt Lasse. »Und jetzt ist sie nicht mehr da.«

Lasse, Maja und Miranda durchsuchen das Zelt. Aber die Pfifferlinge bleiben verschwunden.

»Dafür gibt es nur eine Erklärung«, sagt Maja.

»Jemand hat sie gestohlen«, sagt Miranda.

Lasse geht um das Zelt herum, um nach möglichen Spuren zu suchen. Aber auf dem frisch gemähten Rasen sind keine Fußabdrücke zu sehen.

»Jetzt müssen wir aber was essen«, sagt Miranda. »Mit oder ohne Pfifferlinge!«

Die Tür von Mulles Wohnwagen geht auf. Mulle kommt heraus und schüttet etwas auf die Erde.

»Sauer«, sagt er erklärend zu Lasse, Maja und Miranda.

Die Sonne senkt sich langsam über Gun-

narssons Campingplatz und Maja zündet den Gaskocher an.

Kurz darauf gibt es einen Teller warme Suppe für jeden und Käsebrote.

»Das ist das Beste, was ich je gegessen habe«, sagt Miranda und nimmt noch ein Brot.

Beim Essen unterhalten sie sich darüber, was sie alles erlebt haben.

»Mulles Pilzmesser und unsere Pfifferlinge sind futsch. Möchte wissen, wer die gemopst hat«, sagt Lasse und winkt Tahita zu.

Sie ist auf dem Weg zum Lebensmittelladen, genau wie die Familie Bacon. Auch Mulle Berg scheint noch etwas aus Gunnarssons Laden zu brauchen.

Als Lasse, Maja und Miranda fertig gegessen haben, legt Miranda Sylvester in einem extra kleinen Schlafsack ins Zelt. Er ist so müde, dass er mit weit aufgerissenem Maul gähnt. Danach gehen die drei in die Küche, um das Geschirr zu spülen.

»Ich glaube, die Brüder Bacon haben unsere Pfifferlinge geklaut«, sagt Lasse, als er die Teller abtrocknet, die Maja ihm reicht.

»Schon möglich«, sagt Maja. »Ich habe aber eher Mulle in Verdacht. Weil er verrückt nach Pilzen ist.«

»Oder Gunnarsson«, sagt Miranda. »Er hat auch gesagt, dass er Pfifferlinge liebt.«

»Die Einzige, die wir von der Liste der Verdächtigen streichen können, ist Tahita«, sagt Lasse. »Sie war bei uns auf dem Steg, als die Pfifferlinge verschwunden sind.«

Sie gehen zurück zum Zelt. Der Vollmond leuchtet jetzt silbern über den Baumwipfeln. Sie wünschen sich eine gute Nacht und schlüpfen nebeneinander in ihre Schlafsäcke.

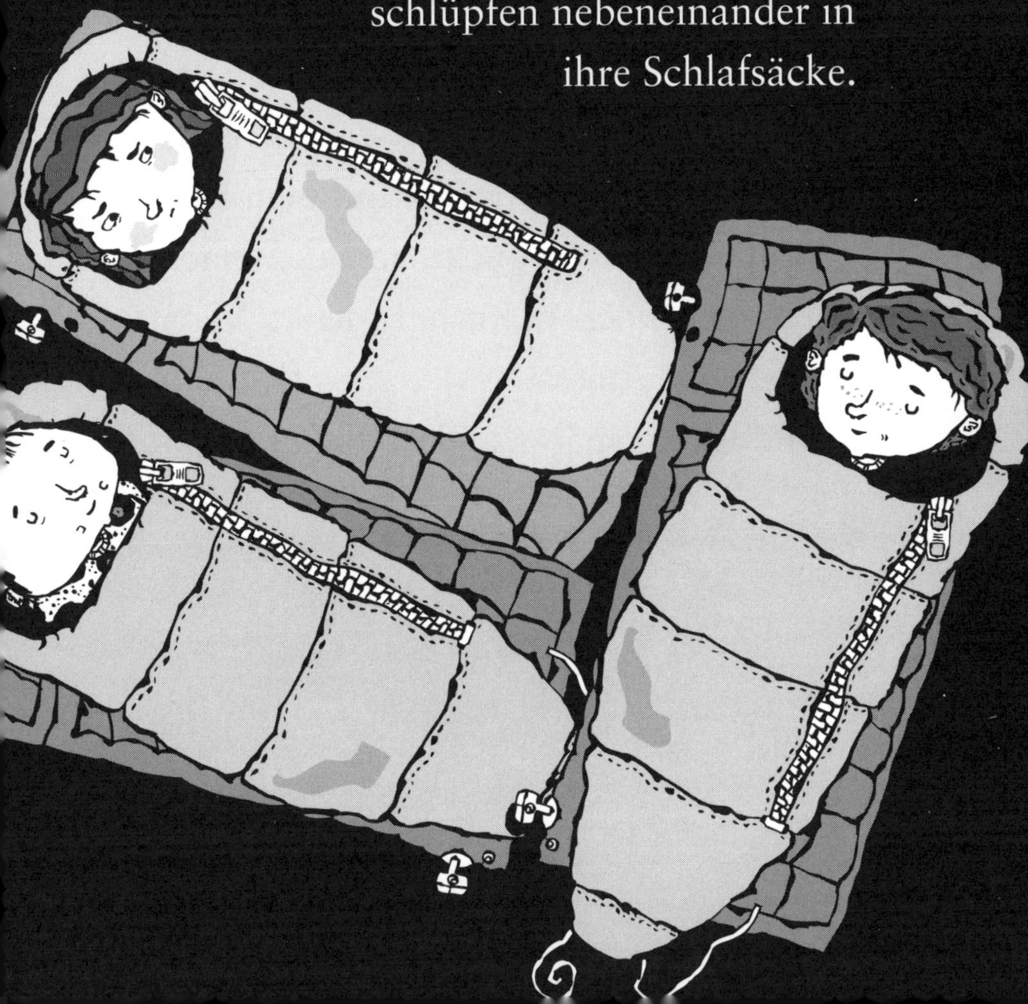

Bald hört Maja, dass Lasse und Miranda eingeschlafen sind.

Die Pfifferlinge und Mulles Pilzmesser wollen ihr nicht aus dem Sinn gehen. Wer könnte der Dieb sein?

Da hört sie ein leises Klicken. Es klingt, als würde irgendwo eine Wohnwagentür geöffnet.

Danach kommt es Maja vor, als würde sie leise Schritte auf dem Rasen vor dem Zelt hören – und gleich darauf auf dem Kies.

Wahrscheinlich guckt jemand nach, ob der Laden noch offen hat, denkt Maja und schließt die Augen.

Und wenig später schläft auch sie.

Lasse wacht davon auf, dass eine Fliege über sein Gesicht krabbelt. Zuerst versucht er, sie zu ignorieren. Aber die Fliege krabbelt immer weiter und hindert ihn am Schlafen.

Er schlägt die Augen auf und sieht durch den Zeltstoff, dass es draußen schon hell ist. Maja, Miranda und Sylvester schlafen noch. Lasse windet sich aus seinem Schlafsack und kriecht aus dem Zelt.

Das Gras ist nass vom Tau. Er streckt sich und sieht jemanden vom Steg herüberkommen.

Tahita. Sie hält die Angel in der Hand und hat Gummistiefel an den Füßen. Lasse winkt ihr gut gelaunt zu.

»Haben Sie was gefangen?«, flüstert er.

Tahita schüttelt den Kopf. Lasse starrt auf ihre Stiefel. Sie sind bis zum Schaft schlammverschmiert.

»Haben Sie nicht vom Steg aus geangelt?«, fragt er. Tahita blinzelt und zögert eine Sekunde, ehe sie antwortet.

»Der Blinker ist im Schilf hängen geblieben«, erklärt sie flüsternd.

Dann wuschelt sie Lasse durchs Haar und geht zu ihrem Wohnwagen.

Lasse geht nachdenklich zurück zum Zelt und bereitet das Frühstück für sich, Maja, Miranda und Sylvester vor.

Ein leerer Korb und ein Blödmann

»Guten Morgen«, sagt Miranda, als sie aus dem Zelt kommt.

Lasse hat Tee gekocht und Brote geschmiert.

»Lecker!«, sagt Miranda und setzt sich neben Lasse.

Da kommen auch Maja und Sylvester. Sie frühstücken gemütlich zusammen, als die Tür zum Lebensmittelladen aufgeht.

Gunnarsson winkt ihnen freundlich zu. Dann geht er auf dem Kiesplatz vor dem Laden hin und her.

»Was macht er da?«, sagt Miranda.

Maja kaut schweigend an ihrem Brot und starrt Löcher in die Luft.

»Denkst du an die Pfifferlinge?«, fragt Lasse.

»Hm«, sagt Maja. »Ich frage mich, wer sie weggenommen hat.«

Danach machen sie einen Plan, wie sie ihre Ermittlungen durchführen wollen. Maja ist dafür, sich in die Wohnwagen zu schleichen, wenn niemand dort ist.

Jetzt geht Gunnarsson auf dem Rasen hin und her.

»Suchen Sie was Bestimmtes?«, ruft Miranda ihm zu.

»Ich kann den Schlüssel nicht finden«, antwortet Gunnarsson.

»Welchen Schlüssel?«, fragt Miranda.

»Für das Ruderboot«, antwortet Gunnarsson. »Ich wollte mal nach den Krebsen schauen. Aber ich kann den Schlüssel für das Boot nicht finden.«

Lasse, Maja und Miranda stehen auf und helfen Gunnarsson bei der Suche. Aber so sehr sie sich auch Mühe geben, sie finden keinen Schlüssel.

Direkt vor der Tür zum Laden findet Maja ein viereckiges Stück Pappe wie von einem Milchkarton. Maja steckt das Pappstück in die Hosentasche.

»Ich weiß beim besten Willen nicht, wo er abgeblieben sein könnte«, sagt Gunnarsson.

»Sehen Sie mal«, sagt Lasse und zeigt zum Steg.

Von dort kommen die Bacon-Brüder angelaufen. Gemeinsam tragen Sie etwas Großes …

»Der Fangkasten«, stöhnt Gunnarsson auf, als sie näher kommen. »Und er ist leer!«

»Mama, Papa!«, schreien die Brüder. »Seht mal, was wir unten am See gefunden haben!«

Gunnarsson läuft über den Rasen und knöpft sich die beiden Jungs vor. »Was habt ihr mit den Krebsen gemacht, ihr Rotzlöffel?!«

»Wir haben keine Krebse!«, kreischen die Brüder und laufen laut schreiend zu ihren Eltern.

Gunnarsson wirft den Krebskorb hinter ihnen her. Da geht die Tür vom Wohnwagen der Familie Bacon auf.

»Jagen Sie meinen Jungs nicht solche Angst ein«, ruft Frau Bacon erbost.

»Sie haben meine Krebse gestohlen!«, brüllt Gunnarsson.

»Haben wir gar nicht. Wir haben nur den leeren Korb gefunden. Blödmann!«, schreien die Brüder, die sich hinter ihrer Mutter verschanzt haben.

Jetzt ist Gunnarsson wieder knallrot im Gesicht. Maja denkt an das Pappstück in ihrer Hosentasche und hat eine Idee.

»Herr Gunnarsson! Darf ich Sie was fragen?«, ruft sie.

»Was?«, schreit er Maja genauso laut an wie die Zwillingsbrüder, die ihm jetzt aus dem Wohnwagen eine lange Nase machen.

»Mir ist was eingefallen«, sagt Maja. »Können wir in den Laden gehen und reden?«

Gunnarsson lässt den Krebskorb einfach auf dem Rasen liegen. Mit energischen Schritten stapft er in den Laden.

»Was willst du?«, fragt er aufgewühlt. »Ich habe soeben wegen dieser nichtsnutzigen Kerle neuntausend Kronen verloren!«

Maja zieht das kleine Pappstück aus der Tasche und hält es vor sich.

»Das kann uns vielleicht die Antwort geben«, sagt sie.

Lasse und Miranda sehen sie erstaunt an.

»Erinnern Sie sich, wer gestern bei Ihnen eingekauft hat?«

»Was hat das mit den Krebsen zu tun?«, fragt Gunnarsson.

»Versuchen Sie, sich zu erinnern«, sagt Lasse, der begriffen hat, dass Maja was Bestimmtes im Sinn hat. Gunnarsson denkt nach.

»Familie Bacon war hier«, sagt er. »Und Mulle. Und wenn ich genau nachdenke, war Tahita ebenfalls hier. Immer noch beleidigt, weil ich sie eine Hexe genannt habe.«

»Wer hat als Letzter den Laden verlassen?«, fragt Maja. Gunnarsson sieht sie fragend an und Maja erklärt es ihm.

»Ich gehe davon aus, dass derjenige dieses kleine Pappstück ins Schloss gesteckt hat. Und als Sie abends abgeschlossen haben, ist die Tür nicht ordentlich ins Schloss gefallen.«

Jetzt haben auch Lasse und Miranda verstanden, in welche Richtung Maja denkt.

»Und die Person, die das Pappstück vor das Schloss geschoben hat, ist dann später zurückgekommen, um sich den Schlüssel fürs Boot zu holen«, sagt Miranda.

Maja nickt.

Gunnarsson denkt eine ganze Weile nach. Am Ende sagt er:

»Es war etwas chaotisch. Die Zwillingsbrüder sind herumgerannt. Tahita war eingeschnappt und Mulle Berg hat sich über die Preise beschwert. Ich erinnere mich nicht wirklich, wer als Letzter den Laden verlassen hat.«

»Wissen Sie noch, was sie eingekauft haben?«, fragt Lasse. »Das hilft Ihnen vielleicht, sich zu erinnern.«

Gunnarssons Gesicht erhellt sich.

»Mulle hat Butter gekauft. Für die Pfifferlinge, hat er gesagt. Die Familie Bacon hat nach frischen Krabben gefragt und Tahita hat den größten Blinker gekauft, den ich auf Lager hatte.«

Gunnarsson verstummt.

»Ich kann mich trotzdem

nicht erinnern, wer als Letzter den Laden verlassen hat«, seufzt er.

Einen Moment lang stehen alle stumm im Laden herum.

Dann sagt Lasse: »Haben Sie noch die Quittungsrolle von der Kasse? Da können Sie sehen, wer als Letztes bezahlt hat.«

Gunnarsson läuft zu seiner Kasse und schaut auf die Quittungsrolle.

»Zuerst 59 Kronen«, sagt er. »Das war Tahitas Blinker. Dann 35 Kronen für die tiefgefrorenen Krabben – frische habe ich natürlich nicht. Und zum Schluss 22 Kronen für die Butter für …« »Mulle Berg!«, sagen Miranda, Lasse, Maja und Gunnarsson wie aus einem Mund.

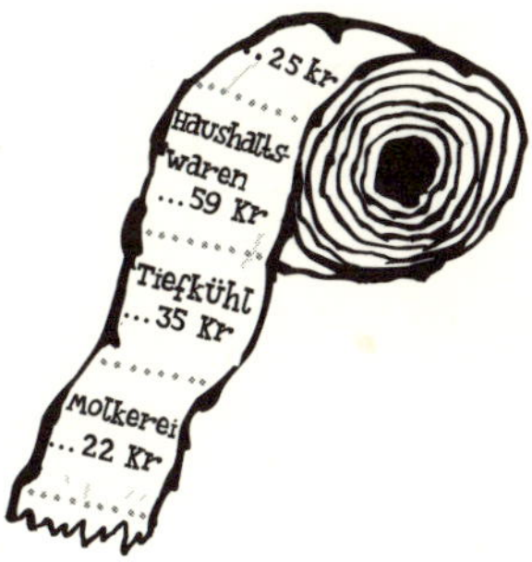

Ein geheimer Platz

Gunnarsson läuft über den Rasen zu Mulles Wohnwagen und klopft heftig gegen die Tür.

»Aufmachen!«, schreit er. »Ich weiß, dass Sie sie geklaut haben!«

Da geht die Wohnwagentür der Familie Bacon auf. Und die von Tahitas Wohnwagen.

»Sofort aufmachen!«, schreit Gunnarsson noch einmal.

»Einen Augenblick!«, antwortet Mulle Berg von drinnen. »Ich bin nicht angezogen.«

Lasse, Maja, Miranda und Gunnarsson hören, wie Mulle Berg in seinem Wohnwagen hin- und herläuft. Dann geht endlich die Tür auf.

»Gunnarsson?«, sagt Mulle überrascht. »Was wollen Sie?«

»Hören Sie auf, Theater zu spielen«, brüllt Gunnarsson immer aufgebrachter. »Wir wissen, dass Sie sie geklaut haben!«

»Nein, aber …«, setzt Mulle an und kommt raus auf den Rasen. »Ich würde doch niemals …«

Lasse, Maja und Miranda sind sich ganz sicher, dass Mulle Berg etwas zu verbergen hat. Gunnarsson kneift die Augen zusammen und sagt mit sehr leiser, drohender Stimme: »Geben Sie sie wieder her, sonst gnade Ihnen Gott!«

Mulle starrt Gunnarsson mit großen Augen an.

»Entschuldigt! Ich konnte einfach nicht anders. Ich habe vorher noch nie in meinem Leben was gestohlen.«

»Wo sind sie?«, zischt Gunnarsson.

Mulle Berg hält die Tür zu seinem Wohnwagen auf. Gunnarsson, Lasse, Maja und Miranda gehen hinein.

»Sie sahen so lecker aus …«, sagt Mulle.

»Lecker?«, fragt Gunnarsson verdutzt. »Man muss sie doch erst kochen, damit sie lecker aussehen.«

»Kochen?«, sagt Mulle, und jetzt klingt er

verdutzt. »Nein, in Butter muss man sie braten.«

»Sie wollten sie in Butter braten?«, ruft Gunnarsson entsetzt. »Was für ein Glück, dass wir noch rechtzeitig gekommen sind. Wo sind sie?«

Mulle Berg öffnet eine Schranktür. Und da stehen sie – die Pfifferlinge in der Papiertüte!

»Entschuldigt«, sagt Mulle leise.

»Wie bitte?«, fragen Lasse, Maja, Miranda und Gunnarsson gleichzeitig.

»Ich habe mich entschuldigt«, wiederholt Mulle. »Dafür, dass ich die Pilze gestohlen habe. Ich habe in diesem Jahr noch keinen einzigen Pfifferling gefunden, und als ich die Tüte vor eurem Zelt stehen sehen habe … dachte ich … mit Butter und …«

»Und wo sind die Krebse?«, fragt Gunnarsson.

»Ich habe keine Krebse geklaut«, sagt Mulle.

»Haben Sie heute Nacht das Ruderboot benutzt?«, fragt Maja.

Mulle verstummt und sagt eine Weile nichts.

Dann gibt er zu: »Ja, habe ich.«

»Dann habe ich Sie also heute Nacht um unser Zelt schleichen hören«, sagt Maja.

Mulle nickt.

»Dann können nur Sie die Krebse gestohlen haben«, faucht Gunnarsson.

»Ich wollte nach … Alholmen«, sagt Mulle.

»Hä?«, sagt Gunnarsson. »Was wollten Sie denn dort?«

»Dort habe ich einen geheimen Pfifferlingsplatz. Ich dachte, wenn ich am Tag dorthin rudere, sieht bestimmt jemand, wohin ich unterwegs bin. Also habe ich meine Taschenlampe genommen und mir heute Nacht das Boot geliehen. Aber es gab nicht einen einzigen Pilz.«

Lasse, Maja und Miranda wechseln Blicke. Mit einem Seufzer gibt Mulle Gunnarsson den Bootsschlüssel und Miranda die Tüte mit den Pfifferlingen zurück.

»Sie dürfen gerne welche probieren, versprochen«, sagt Miranda.

»Danke!«, sagt Mulle glücklich. »Danke.«

Das Geheimnis der Zwillinge

Als sie wieder vor Mulles Wohnwagen stehen, schüttelt Maja den Kopf.

»Mist aber auch! Ich war so sicher, dass wir den Dieb gefunden haben.«

»Haben wir doch auch. Er *hat* schließlich unsere Pfifferlinge gestohlen«, sagt Lasse.

»Ja, ich weiß«, sagt Maja. »Aber wer hat dann Gunnarssons *Krebse* gestohlen?«

»Genau«, sagt Gunnarsson. »Wer hat meine Krebse gestohlen?«

»Und vergesst nicht, dass jemand Mulles Pilzmesser weggenommen hat«, sagt Miranda.

Die Zwillinge sitzen vor ihrem Wohnwagen und spielen mit etwas auf der Erde.

Lasse hockt sich zu ihnen.

Sie schieben ein Rindenboot zwischen sich hin und her.

»Das ist aber schön«, sagt Lasse. »Darf ich es mir mal angucken?«

Einer der Brüder gibt Lasse das Boot. Es ist aus einem großen Stück Rinde geschnitzt. In der Mitte steckt ein Zweig als Mast mit einem großen grünen Blatt als Segel.

»Das haben wir selber gebastelt«, sagt der eine Bruder.

»Toll habt ihr das gemacht«, sagt Lasse. »Wie alt seid ihr?«

»Fünf«, sagt der andere stolz.

»Fünf Jahre«, sagt Lasse. »Aber ... dürft ihr da schon mit einem Messer spielen? Wissen eure Eltern davon?«

Die Brüder starren betreten ins Gras. Lasse ist klar, dass sie etwas Unerlaubtes getan haben.

»Ihr habt kein eigenes Messer, stimmt's?«

Die Brüder schütteln die Köpfe.

»Habt ihr euch von jemandem ein Messer geliehen, ohne zu fragen?«, fragt Lasse.

Die Brüder nicken.

»Wenn ich verspreche, niemandem was zu verraten, zeigt ihr mir dann, wo das Messer ist?«, fragt Lasse.

Die Brüder sehen sich an. Dann schiebt der eine die Hand unter den Wohnwagen und zieht Mulles blaues Pilzmesser hervor.

»Danke«, sagt Lasse und nimmt das Messer.

Lasse denkt, dass die Brüder bestimmt traurig sind, weil sie jetzt kein Messer mehr

haben, aber sie fangen an zu lachen und zeigen zur Fahnenstange. Lasse dreht sich um und sieht Sylvester kopfüber an der Leine hängen, mit der die Fahne hochgezogen wird. »Komm da runter, Sylvester«, ruft Miranda streng. Aber der Affe hört nicht auf sein Frauchen. Da geht Miranda los, um eine Banane zu holen, mit der sie ihn locken kann.

Aber Sylvester turnt munter weiter da oben herum.

»Kommst du jetzt sofort da runter!?«, ruft Miranda lauter.

»Das macht doch nichts«, sagt Gunnarsson. »Die Leine hält ein paar hundert Kilo aus. Lasst ihn ruhig weiterspielen.«

Gunnarsson seufzt. »Dann hat Tahita offenbar doch recht gehabt. Ich habe Krebse im Wert von neuntausend Kronen verloren. Das ist wirklich ein wirtschaftlicher Rückschlag.«

»Eins verstehe ich noch nicht«, sagt Maja. »Die Zwillingsbrüder haben den Krebskorb am Strand gefunden. Und Sie haben gesagt, dass man ihn nur mit dem Ruderboot erreicht.«

»Das stimmt«, sagt Gunnarsson. »Zur Boje muss man rudern und dort die Schnur einholen, an der der Krebskasten hängt.«

»Und den Schlüssel fürs Boot hat heute Nacht Mulle Berg gehabt«, sagt Miranda.

Lasse sagt nichts. Er denkt nach. Was hat Gunnarsson eben gesagt? Hm ... Er hat gesagt, dass die Fahnenschnur ein paar hundert Kilo hält.

Und plötzlich weiß Lasse genau, wie es sich zugetragen hat!

Der zweite Fang

Lasse geht mit ausladenden Schritten zu Tahitas Wohnwagen.

»Was hast du vor?«, fragt Maja.

Lasse antwortet nicht und klopft energisch an die Tür. Nach einer Weile macht Tahita auf.

»Hallo, Lasse«, sagt sie. »Was willst du? Soll ich dir deine Zukunft vorhersagen? Vielleicht glaubst du mir ja mehr als gewisse andere Personen auf diesem Platz«, sagt sie mit einem strengen Blick auf Gunnarsson. »Nimm dich vor ihr in Acht,

Lasse«, sagt Gunnarsson, der in sicherer Entfernung stehengeblieben ist.

»Ist meine Weissagung eingetroffen?«, fragt Tahita. »Geht es ökonomisch bergab?«

Gunnarsson antwortet ihr nicht und funkelt Tahita nur zornig an.

»Was sieht man eigentlich in so einer Kristallkugel?«, fragt Lasse.

»Alles«, sagt Tahita.

»Das würde ich gerne mal ausprobieren«, sagt Lasse.

Maja und Miranda sehen Lasse an. Ist er jetzt durchgedreht? Tahita zögert.

»Ja, meinetwegen. Aber um wirklich etwas in der Kristallkugel sehen zu können, muss man jahrelang trainieren.«

»Kann ich es wenigstens mal versuchen?«, bittet Lasse.

Tahita verschwindet im Wohnwagen und kommt gleich darauf mit der großen runden

Kristallkugel zurück. Sie stellt sie auf einen der Klappstühle vor ihrem Wohnwagen.

Lasse kniet sich vor die schimmernde Kugel.

»Jetzt bin ich ja mal gespannt«, sagt er. »Was muss man machen?«

»Schau in die Kugel«, sagt Tahita. »Und versuche zu erkennen, ob sie dir etwas mitzuteilen hat.«

»Hm«, sagt Lasse und reibt sich die Augen.

»Das ist nicht einfach …«, meint Tahita, als Lasse mit schläfrig-tiefer Stimme sagt:

»Es ist früh am Morgen …«

Maja, Miranda und Gunnarsson beugen sich vor. Tahita sieht überrascht aus. Lasse spricht weiter: »Ich sehe etwas Weißes auf einer dunklen Wasserfläche treiben.«

»Das muss die Boje vom Krebskasten sein«, flüstert Gunnarsson.

»Und da hinten«, fährt Lasse fort und zeigt

ins Innere der Kugel, »sehe ich jemanden auf einem Steg stehen ... Sieht aus wie eine Frau. Genauer, eine dunkelhaarige Frau. Aber was hat sie in der Hand? Ist das ein langer Stock? Nein ... ich glaube, das ist eine Wurfangel.«

Tahita wird nervös.

»Kannst du das tatsächlich alles sehen?«, fragt sie unsicher.

»Schhh«, sagt Maja. »Mach weiter, Lasse.«

»Jetzt wirft die Frau eine Angel aus«, sagt Lasse. »Aber was ist das? Der Blinker verheddert sich in der Schnur unter dem Schwimmer! Die dunkelhaarige Frau holt die Angelschnur ein. Es scheint schwer zu sein, aber die Schnur hält.«

»Wer ist die Frau?«, fragt Gunnarsson. »Lasse, kannst du sie erkennen?«

Tahita beugt sich vor, um ihre Kugel wieder an sich zu nehmen. Aber Maja streckt den Arm aus und hält sie zurück.

»Lassen Sie Lasse weitermachen«, sagt sie.

»Erkennst du die Frau?«, fragt Gunnarsson erneut.

»Nein, ich sehe ihr Gesicht noch nicht. Sie ist ziemlich jung und trägt ein Paar hohe Gummistiefel. Sie geht ans Seeufer. Währenddessen holt sie die ganze Zeit Angelschnur ein. Und seht!«, sagt Lasse und zeigt wieder in die Kristallkugel. »Da kommt etwas aus dem Wasser! Ein Korb voller Krebse. Jede Menge Krebse!«

»Wer ist es?« Gunnarsson schreit fast.

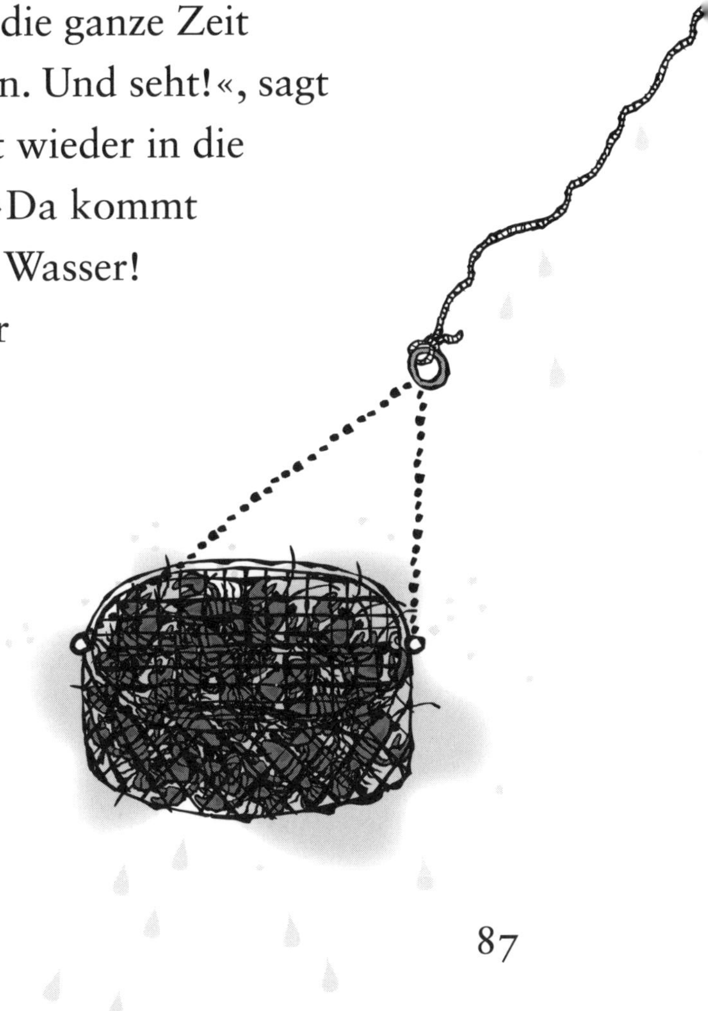

»Lasse! Sag schon, wer ist es?«

Gunnarsson hüpft aufgeregt auf und ab.

»Ich«, sagt plötzlich Tahita.

»Wie bitte?«, sagt Gunnarsson. »Sie haben die Krebse gestohlen?«

»Nein«, antwortet Tahita.

»Wieso *nein*?«, fragt Gunnarsson. »Sind Sie nicht die Frau, die Lasse in der Glaskugel gesehen hat?«

»Doch«, gibt Tahita zu, »aber ich habe die Krebse nicht gestohlen.«

»Aber wo sind die Krebse dann?«, fragt Gunnarsson verwirrt.

»Da draußen«, sagt Tahita und zeigt über den See.

»Haben Sie die Krebse freigelassen?«, schreit Gunnarsson entsetzt. »Warum denn bloß?«

»Eine Hexe tut viele merkwürdige Dinge«, sagt Tahita zufrieden.

Dann klemmt sie ihre Kristallkugel unter

den Arm, geht zu ihrem Wohnwagen und knallt die Tür hinter sich zu.

Gunnarsson glotzt mit offenem Mund hinter ihr her.

»Das war der Grund?«, flüstert er zu sich selbst. »Weil ich sie eine Hexe genannt habe?«

»Hast du das wirklich alles in ihrer Kugel gesehen?«, fragt Miranda, als sie zu ihrem Zelt zurückgehen.

Lasse grinst sie an.

»Ich hab nicht die Bohne gesehen. Ein cleverer Detektiv braucht keine Kristallkugel.«

Da lachen Maja, Miranda und Gunnarsson, weil Lasse so listig gewesen ist.

»Wie sieht's aus?«, sagt Maja zu Gunnarsson. »Fangen Sie gerne Krebse?«

»Was für eine Frage!«, sagt Gunnarsson. »Das ist das Tollste überhaupt.«

»Na dann«, sagt Maja. »Dann warten da

draußen jetzt mindestens dreißig Kilo darauf, von Ihnen gefangen zu werden.«

»Da hast du recht«, sagt Gunnarsson. »Wollt ihr mir helfen?«

»Ja!«, rufen Lasse, Maja und Miranda begeistert.

Am Abend legen sie die Reusen aus und am nächsten Tag veranstaltet Gunnarsson ein Krebsfest auf dem Campingplatz. Alle sind eingeladen und alle kommen. Miranda brät die Pfifferlinge in Butter und Mulle Berg hilft ihr dabei.

Sylvester schnuppert an den Pfifferlingen, nimmt dann aber lieber eine Banane.

»Das habe ich unter einem Wohnwagen gefunden«, sagt Lasse, zwinkert den Zwillingen zu und überreicht Mulle das blaue Pilzmesser.

Danach verdrücken sie schlürfend und schmatzend Krebse und Pfifferlinge unter dem silbernen Licht des Vollmondes.

»Ich möchte mich entschuldigen«, sagt Tahita zu Gunnarsson. »Es hat mich so wütend gemacht, dass Sie mir nicht geglaubt haben. Ich habe das nur getan, damit meine Weissagung in Erfüllung geht. Ich habe sozusagen nachgeholfen. Das war nicht nett.«

»Macht nichts«, antwortet Gunnarsson und bricht eine große Schere ab. »Auf die Weise hat das Krebsefangen *doppelt* so viel Spaß gemacht!«